KB077173

출간기획의 쓸모

출간기획의 쓸모

발　행 | 2022년 06월 22일
저　자 | 드림제이
펴낸이 | 한건희
펴낸곳 | 주식회사 부크크
출판사등록 | 2014.07.15.(제2014-16호)
주　소 | 서울 금천구 가산디지털1로 119, SK트윈타워 A동 305호
전　화 | 1670 - 8316
이메일 | info@bookk.co.kr

ISBN | 979-11-372-8588-0

www.bookk.co.kr

출간기획의 쓸모

드림제이 지음

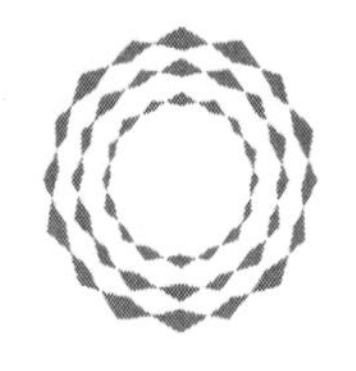

세상에 하나뿐인 책을 출간하실

예비 작가님을 응원합니다

저자 드림제이

나만의 책을 내고 싶어 원고 집필을 하던 중 우연히 출판 수업을 듣게 되었습니다. 수업에서는 출판과 관련해 다양한 부분을 배웠지만, 유독 몰입해서 들었던 주제가 바로 『출간기획』 입니다. 출간기획 없이 책을 낸다면 그 어떤 독자도 만족시킬 수 없다는 강사님 말씀에 쓰고 있던 원고를 버리고 출간기획부터 새로 작성했었던 기억이 떠오릅니다. 이제부터 출간기획 없이 책을 내지 마세요. 예비 작가분들께 출간기획의 필요성과 작성 방법을 전하고자 이 책을 펴냈습니다.

이메일: jeonss0912@naver.com
블로그: blog.naver.com/jeonss0912

들어가는 말

나도 책 한 권 내 볼까 생각하는 분들 있으시죠?

혹시 출간기획은 하셨나요? 아직 출간기획을 모르신다면 출간기획의 필요성을 꼭 알아보셨으면 좋겠습니다. 요즘은 1인 1책 내기가 유행일 정도로 많은 분이 책 출간에 관심이 높은데요. 반드시 출판사 투고로 출간할 필요도 없고 전자책과 종이책을 자가 출간할 수도 있어 출판에 대한 진입장벽이 낮아졌습니다.

그런데 출간을 준비하시는 일반인 작가 중에는 출간기획에 대해 전혀 모르는 분들이 계십니다. 출간기획 없이 책을 냈는데 막상 기대와 달리 독자의 반응이 없으면 내가 글을 못 써서 그런가 하는 생각에 답답하고 안타까운 마음이 들게 될 것입니다. 알고 보면 그게 이유가 아닐 수 있는데 말이죠.

저도 전자책을 출간하려 집필을 준비하고 있었는데요. 그러다 우연한 기회에 출판 수업을 듣게 되었습니다. 그때 출간기획의 중요성을 깨닫게 되었습니다. 인지도 없는 일반인 작가의 책이 베스트셀러가 된다는 것이 말처럼 쉽진 않지만, 출간기획 없이 책을 낸다면 아예 기회마저 없겠다 싶었습니다.

어렵게 책을 출간했는데 아무도 내 책에 관심 가져 주지 않는다면 정말이지 속상할 것 같습니다. 정성껏 쓴 책, 작가 혼자 보려고 책을 내는 건 아니잖아요. 책의 판매가 쉽지 않은 데에는 여러 이유가 있을 것입니다. 그중에서 명확한 독자를 대상으로 하지 않고 책을 내면 독자의 욕구와 문제를 제대로 해결해 줄 수 없다는 것이 가장 큰 이유가 아닐까 생각합니다. 그래서 작가분들은 원고 집필에 앞서 출간기획을 작성해 보며 내 책의 방향과 컨셉을 설정해 보고 독자에게 가치를 전하기 위해 노력하는 것이겠지요.

지금 무턱대고 원고 작성을 하고 있다면 잠시 집필을 멈춘 후 출간기획을 해보세요. 하루에도 수백 권씩 쏟아지는 출판시장에서 출간기획은 내 책의 중심을 잡아주고 독자에게 중요한 가치를 전할 수 있도록 해줄 것입니다. 필자인 저도 사실 출판 관계자가 아니며 조금씩 배워나가는 평범한 사람인데요. 그럼에도 이 책을 낸 이유는 출간기획에 관해 모르고 1인 출판, 자가출판을 준비하시는 예비 작가분들께 출간기획의 필요성과 작성법을 조금이나마 전해 드리고 싶었습니다.

책을 내기 전에 무엇부터 준비해야 할지 막막하신 분이라면 이 책을 보시며 차근차근 계획을 세워보세요. 부디 출간기획을 통해 양질의 도서들이 세상에 나와 독자의 관심과 사랑을 맘껏 받기를 희망합니다.

드림제이

CONTANTS

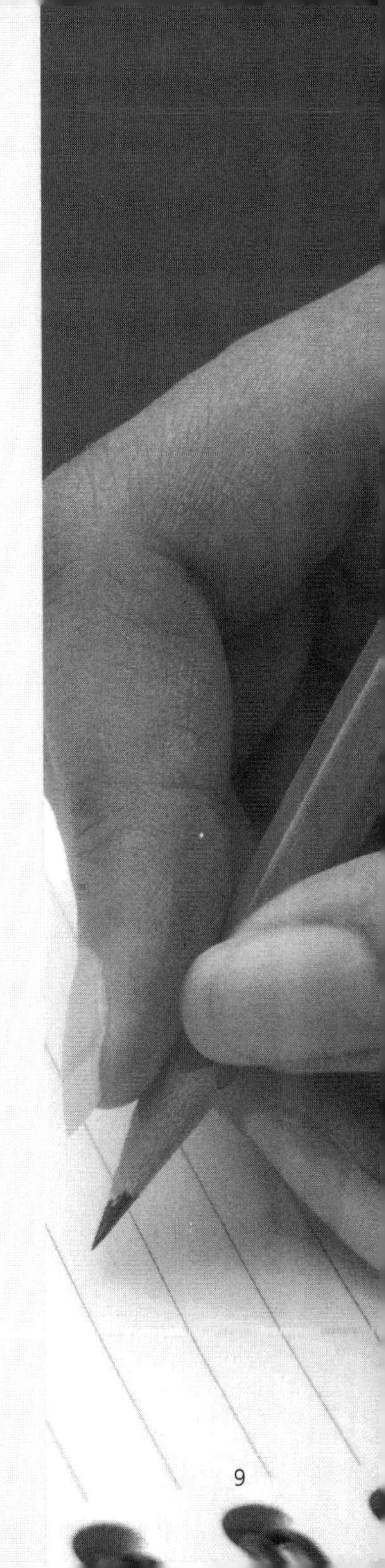

짧게 써라. 그러면 읽힐 것이다

명료하게 써라. 그러면 이해될 것이다

그림같이 써라. 그러면 기억 속에 머물 것이다

모셉 퓰리처

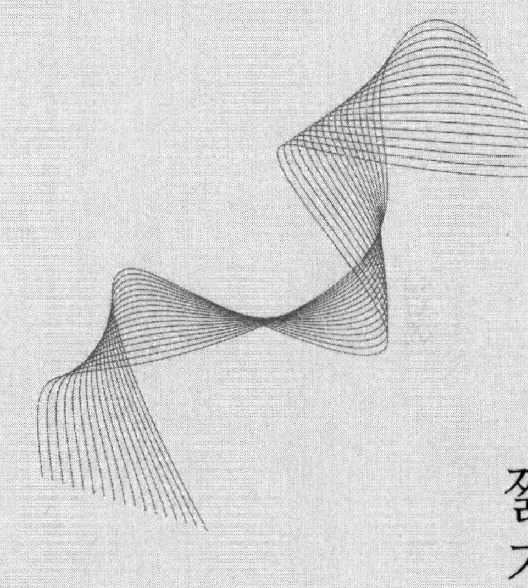

짧지만 깊이 파고드는 기획

분야 분석의 쓸모

/

이미 대중에게 인지도가 있는 작가거나 광고를 많이 하는 책이라면 독자가 먼저 알고 검색으로 찾아와 책을 구매할 것입니다. 그럼 판매도 비교적 잘 될 테고 베스트셀러에 오르기에 아무래도 수월하겠지요. 그런데 저와 같은 일반인 무명작가의 책은 어떨까요? 무명작가의 책은 광고비를 들이지 않는 한, 독자에게 이런 식으로 노출될 확률은 거의 없다고 생각하는 것이 좋습니다.

도대체 왜 그럴까요?

그 이유는 내 책이 세상에 나왔음을 아무도 모르기 때문입니다. 대중에게 어필한 적 없고 광고도 돌리지 않았으니까 어쩌면 당연한 결과겠지요.

그래서 온라인 서점에 들어온 독자가 해당 분야 카테고리를 타고 들어왔을 때 내 책이 노출되게끔 하는 것이 좋습니다. 그러기 위해서는 내 책을 어느 『분야』에 넣는 것이 판매에 유리할지, 그리고 독자들은 과연 어떤 분야 카테고리를 타고 내 책에 도달하게 될지 생각해 봐야 할 것입니다. 국내 도서의 분야는 소설, 시, 에세이, 경제/경영, 역사/문화, 종교, 정치/사회, 예술, 대중문화, 과학, 기술/공학, 컴퓨터/IT, 어린이, 참고서, 수험서, 만화, 잡지 등으로 구분하고 있습니다

작가로서는 다양한 분야에서 모두 검색되면 좋겠지만 하나의 분야에서만 노출이 된다는 것을 기억하세요. 그렇기에 시장 분석을 통해 내 책이 속할 분야의 선택이 더욱 중요하다고 볼 수 있습니다. 내 책을 등록할 때 어떤 분야를 선택했는지에 따라 베스트셀러가 되기도 하고, 독자에게 외면받을 수도 있을 테니까요.

예를 들어, 종합 베스트셀러에 오른 『내가 원하는 것을 나도 모를 때』는 인문학 분야도 될 수 있고 또는 에세이 분야도 될 수 있을 것입니다. 하지만 도서 등록 시 인문학을 선택했기 때문에 오로지 인문학 분야에서만 검색에 노출되는 것입니다.

분야를 선정할 때에는 온라인 서점이나 오프라인 서점에서 자신의 책과 유사한 책들을 찾아 분석해 보는 것이 도움이 되는데요. 내 책과 유사한 책들은 어떤 분야에 얼마나 많이 등록되어 있는지 확인해 보는 것입니다. 이때 내 책은 과연 어떤 분야로 넣는 것이 경쟁은 덜하면서 독자에게 노출이 잘 될지 미리 계획을 세워봐야 합니다. 예상했던 분야가 치열하다면 다른 분야를 공략해 보시기 바랍니다. 내 책을 인문학으로 등록하려 생각했는데 막상 조사해 보니 이미 그 분야에서 유사한 주제의 책들이 경쟁이 치열하다면 에세이 분야를 공략해 보는 것은 어떨까 싶네요.

출간기획 생각 노트 | 01

- 분야는 어디에 속하나요? 내 책은 과연 어떤 분야 카테고리를 타고 독자를 만날 수 있을까요?

제목 짓기의 쓸모

/

눈에 띄는 제목은 정말로 중요한 것 같습니다. 책에 독자의 시선이 머무는 시간은 기껏해야 눈 깜박할 사이이기 때문에 표지의 『제목』에서 시선을 끌 수 있어야 합니다. 그렇다면 제목을 지을 때는 어떻게 짓는 것이 좋을까요?

제목에는 독자의 마음을 사로잡을 수 있는 표현과 독자가 검색할 때 사용하게 될 검색어 즉, '키워드'를 함께 넣어주는 것이 좋습니다. 키워드를 함께 넣어주는 이유는 독자가 서점에서 검색할 때 내 책이 검색에 노출되도록 도와주기 때문입니다. 결국, 제목을 지을 때는 검색을 통해 들어온 잠재 독자의 마음을 사로잡겠다는 목적의식을 염두에 두어야 할 것입니다.

『배움을 돈으로 바꾸는 기술』을 한번 보도록 하겠습니다. 제목에서 '돈'이라는 키워드는 경제활동을 하는 모든 이들의 공통 관심사이기에 수많은 사람이 검색하게 되는 강력한 키워드입니다. 그리고 '배움이 돈이 된다'라는 메시지는 독자의 이목을 집중시키게 만듭니다. 제목을 본 타겟 독자는 다음과 같은 생각을 하면서 진지하게 구매를 고려해 보게 될 것입니다.

"오! 배움이 돈이 된다고?"

"그렇다면 내가 배운 지식도 혹시 돈이 되지 않을까?"

그렇다고 모든 책의 제목을 이런 방식으로 지을 필요는 없습니다. 제목 지을 때 다음과 같은 제목 짓기 방법을 활용한다면 충분히 훌륭한 제목을 지을 수 있을 거로 생각합니다. 다음의 몇 가지 제목 짓기 방식을 고려하셔서 내 책에 어울리는 제목을 지어보셨으면 좋겠습니다.

공감을 불러오는 제목 짓기

독자가 지금 느끼는 감정이나 예전에 느꼈던 감정을 표현해 줄 수 있습니다. 『지금 이대로 좋다』, 『지쳤거나 좋아하는 게 없거나』, 『내가 원하는 것을 나도 모를 때』, 『혼자 잘해주고 상처받지 마라』는 공감가는 제목으로 독자의 감정을 어루만져 준다고 할 수 있어요. 독자는 지금 자신의 처한 상황이나 느꼈던 감정을 직접 언급해 줄 때 공감한다고 합니다.

검색이 잘 되는 제목 짓기

제목에 핵심 키워드를 넣어 온라인상에서 검색이 될 수 있도록 할 수 있습니다. 검색이 되지 않으면 내 책이 독자의 눈에 띌 수 없고 눈에 띄지 않는다면 당연히 판매로 연결되지 않겠지요. 특히 자가 출간을 하려는 일반인 작가에게 무엇보다 중요한 부분이라 생각합니다. 내 책의 주제에 부합되면서 검색에 잘 노출될 수 있는 키워드에는 어떤 게 있을까를 깊이 생각해 보셨으면 좋겠습니다.

흥미를 불러오는 제목 짓기

독자에게 흥미를 불러일으키는 제목에는 어떤 것이 있을까요? 독자는 낯선 것에 대한 흥미가 있다고 합니다. 『미움받을 용기』, 『죽고 싶지만 떡볶이는 먹고 싶어』는 모두 익숙하지 않은, 어울리지 않는 단어의 조합으로 흥미를 유발합니다. 그리고 독자는 트렌드와 이슈에 대해서도 흥미를 갖고 있습니다. 『트렌드 코리아』, 『코로나 빅뱅, 뒤바뀐 미래』가 그 예라 할 수 있겠네요. 요즘 사회적으로 어떤 트렌드와 이슈가 있는지 생각해 보며 제목을 지어보면 좋을 것 같습니다.

이익을 제시하는 제목 짓기

독자에게 궁극적으로 어떤 이익을 줄 수 있을지 제목에서 제시할 수 있습니다. 『대기업 공채 한 번에 합격하는 비법』이란 도서가 있다고 가정해 보겠습니다. 대기업 공채를 준비 중인 취업준비생이라면 제목만 봐도 책을 읽어보고 싶을 것입니다. 왠지 책을 읽으면 한 번에 대기업 공채에 합격할 수 있겠다는 이익을 제시하고 있으니까요. 정서적으로든, 금전적으로든 이익을 상상할 수 있게 만드는 제목은 끌리기 마련입니다.

목표 달성을 강조하는 제목 짓기

사람들은 목표를 추구하며 이뤄나가고 싶은 성취 욕구가 있다고 합니다. 이를 반영해 제목을 지어보면 어떨까요? 『아이의 공부 태도가 바뀌는 하루 한 줄 인문학』, 『중국어 회화 10분의 기적』은 사람들의 목표 달성 욕구를 제목에서 제시해 주고 있습니다. 목표 달성을 강조할 때는 목표가 너무 커 보이지 않도록 작은 단위로 제시해 주는 것이 좋다고 합니다. 왠지 너무 큰 목표는 엄두가 나지 않아 시작도 하기 전에 포기하고 싶잖아요. 그러니 '하루에 한 줄', '하루에 10분', '10일에 완성'처럼 이 정도면 나도 해 볼 만 하겠다는 생각이 들게끔 하는 게 포인트입니다.

출간기획 생각 노트 | 02

- 제목은 무엇인가요?

- 공감/검색/흥미/이익/목표 중 어떤 표현을 적용했나요?

- 검색에 노출될 핵심 키워드는 무엇인가요?

핵심 카피의 쓸모

/

독자가 책을 볼 때 가장 먼저 보게 되는 곳은 표지와 제목 부분입니다. 그래서 표지와 제목에 많은 공을 들여야 하죠. 표지와 제목에서 독자의 관심과 시선을 끄는 데 성공했다면 독자가 다음으로 보게 되는 곳은 바로 표지에 쓰여 있는 『핵심 카피』입니다. 핵심 카피에서 독자의 감성을 자극하거나 책을 읽으면 독자가 어떻게 변화될 수 있는지 제시할 수 있습니다. 또는 책에서 무엇을 얻을 수 있는지 독자가 얻게 될 이익을 상상할 수 있도록 만들어줄 수 있습니다.

『내가 원하는 것을 나도 모를 때』의 핵심 카피는 앞표지에 '진심이 담긴 문장에 온 마음을 들켜버렸습니다' 그리고 뒤표지에 '왜 그렇게 열심히 살았던 걸까요? 좋아하는 게 뭔지도 모르면서'라고 이야기하며 독자의 공감과 위로를 예고해 주고 있다고 볼 수 있습니다.

때론 저도 인생을 살다 보면 문득 삶이 힘겹게 느껴질 때가 있는데요. 이럴 때면 대체 무엇을 위해 그리도 열심히 살아가는지, 목적지도 모른 채 앞만 보고 달리는 건 아닐까 공허한 마음에 사로잡힐 때가 있습니다. 이 책은 그런 저의 마음을 살며시 토닥여 줄 것만 같네요.

만약 자기계발서나 경제 서적을 낼 예정이라면 독자의 삶에 긍정적 변화나 금전적 이익을 기대할 수 있도록 핵심 카피를 만들어 보는 것이 도움이 될 것입니다. 『말센스』라는 도서가 있습니다. 해당 도서의 핵심 카피는 '말이 통하기보다 마음이 통하는 사람이 돼라!', '센스있는 말로 마음의 문을 여는 16가지 방법!'이라고 핵심 카피에서 이야기하고 있습니다. 독자들은 이 책을 읽는다면 타인의 마음을 얻을 수 있는 센스있는 사람이 될 수 있겠다는 긍정적 영향을 기대하게 되겠지요.

내가 출간할 책이 독자에게 과연 어떤 이익을 얻게 해줄 수 있을지, 또는 어떤 감성을 자극해 줄 수 있을지 충분히 고민해 보며 가장 적합한 문장을 찾아 핵심 카피로 사용해 보셨으면 합니다.

출간기획 생각 노트 | 03

- 핵심 카피는 무엇인가요?

- 핵심 카피에서는 독자가 문제를 해결한 이후의 이미지를 떠올리도록 해주나요?

독자 선정의 쓸모

/

독자층을 두루두루 넓게 선정하면 그만큼 책이 많이 팔릴 것으로 생각하는 분들이 많지만, 실상은 그 반대입니다. 『타겟 독자』를 선정할 때는 반드시 넓은 독자층을 대상으로 설정하지 않도록 주의하셔야 합니다. 더 많이 팔고 싶은 마음에 폭넓은 독자층을 선정하면 어떤 누구도 제대로 만족시킬 수 없을 것입니다. 누군가를 정말 만족시키고 싶다면 뾰족한 독자를 선정해 보세요.

어떤 이유에서든 내 책을 꼭 필요로 하는 구체적이고 분명한 단 한 명의 독자 선정을 해두면 독자의 입장에서 제대로 감정이입을 할 수 있게 될 것입니다. 그래야 독자가 느끼고 있는 욕구와 두려움을 분석할 수 있게 되는 것이죠. 모두를 만족시키려는 것은 결국엔 아무도 만족시킬 수 없다는 것을 꼭 기억하셨으면 합니다.

타겟 독자를 선정할 때는 지금 독자가 어떤 상황에 처해 있으며 무엇을 해결하고 싶은지 생각해 보고, 또 독자가 느끼는 정서적인 면도 고려해 보세요. 타겟팅의 목적은 독자가 무엇을 간절히 원하는지, 무엇을 두려워하는지 분석해서 궁극적으로 독자가 원하는 것을 전해주기 위해서라 생각하시면 좋을 것 같습니다.

만약 재혼을 앞두고 고민 중인 50대 돌싱남을 내 책의 단 한 명 타겟 독자로 설정했다고 생각해 보겠습니다. 타겟 독자를 위한 책은 결혼 실패 이후 혼자 살아가는 50대 남성의 상황을 해결해 주던지, 또는 이미 한 번 겪었던 결혼 생활에 대한 부담감과 걱정 등 정서를 해결해 주는 것이 좋습니다. 아니면 둘 다 해결해 준다면 더욱 좋겠지요.

"과연 다시 결혼해도 될까?"

고민인 50대 돌싱남이라면, 분명 재혼 실패에 대한 걱정과 불안한 마음이 클 것입니다. 이분을 위한 책으로써 『절대 실패하지 않는 50대 재혼 가이드』를 출간한다면 어떨까요? 결혼 실패에 대한 두려움이 있는 타겟 독자의 문제를 해결해 줄 수 있을 것입니다.

출간기획 생각 노트 | 04

- 타겟 독자는 누구인가요? 구체적이고 명확한 독자를 설정했나요?

- 타겟 독자가 직면한 문제나 처해 있는 상황은 무엇인가요?

- 타겟 독자의 문제나 상황을 어떻게 해결해 줄 수 있나요?

글쓰기는 글쓰기를 통해서만 배울 수 있고
글쓰기를 통해서만 실력이 는다

나탈리 골드버그

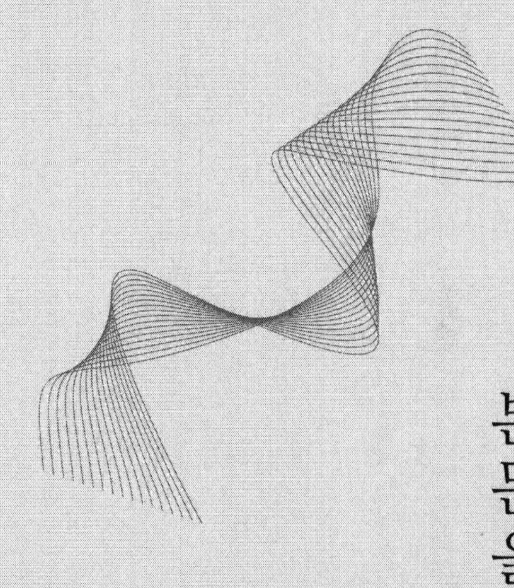

본문을 펼치게끔 만드는 기획

기획 의도의 쓸모

/

왜 하필 지금 이때, 이 책을 내야 하는가에 대하여 스스로 답을 해 보셨으면 합니다. 시대적 상황과 트렌드에 힘입어 내 책이 어떻게 판매에 도움이 될지 『기획의도』를 생각해 보는 것이죠. 요즘 시대적 상황과 트렌드에는 어떤 것이 있을까요? 저는 코로나19 팬데믹, 가상화폐, A.I(인공지능)가 가장 먼저 떠오르네요. 특히 코로나19는 우리의 일상 깊숙이 파고들어 사람들에게 직간접적인 영향을 미치고 있지요.

사람들은 코로나로 인해 집에 있는 시간이 많아지면서 자연스럽게 유튜브나 넷플릭스 등 콘텐츠 소비와 더불어 책 읽는 시간도 늘었다고 합니다. 더불어 코로나 및 바이러스 관련 서적도 눈에 띄게 늘었는데요.

만약 지금이 바이러스의 위협이 없는 평화롭고 자유로운 시기였다면 조금은 건조하고 딱딱할 수 있는 이런 책들이 과연 얼마나 출간되고 또 얼마나 팔렸을지 궁금합니다.

『코로나 경제전쟁』, 『코로나 투자전쟁』, 『포스트 코로나 우리는 무엇을 준비할 것인가』, 『코로나 빅뱅, 뒤바뀐 미래』 등 코로나 관련 키워드의 책이 계속해서 출간되고 있습니다. 만약 지금 시대적 상황에서 관련 지식이 있는 분이 책을 출간한다면 다음과 같은 기획 의도를 떠올려보면 괜찮지 않을까 싶습니다.

『지금 이 시대를 살아가는 우리는 코로나바이러스 감염증으로 고통받고 있으며 바이러스 확산에 대한 두려움이 있다. 건강은 물론이고 경제적 고통, 미래에 대한 불안감 등이 바로 그것이다. 코로나로 인해 사람들은 직업과 경제, 건강과 관련해 앞으로 어떻게 사회가 변화해 갈지 궁금해하고 있을 것이다. 따라서 지금 『코로나가 바꿔 갈 내일의 _____ 』을 출간한다면 주목받을 가능성이 충분하여 출간을 기획하게 되었다』

어떤 분야의 고수 또는 인지도가 높은 작가들은 대중성이 있기에 이미 예약 독자가 확보되어 있습니다. 가령, 2009년 출간된 『세상에 너를 소리쳐!』는 빅뱅이라는 당시 최고 인기를 누리는 가수가 출간한 책이라는 이유만으로도 이미 수많은 예약 독자가 확보된 셈이라고 볼 수 있습니다.

그렇다면 인지도가 전혀 없는 우리는 과연 어떻게 해야 할까요? 쉽진 않겠지만 일반인 작가인 우리도 스스로 질문을 통해 적절한 답을 찾아보아야 할 것입니다. 자신이 보유하고 있는 나만의 경험이나 비결은 무엇이 있을지 고민해 보고, 될 수 있으면 시대적 상황과 트렌드를 연관 지어 생각해 보아야 합니다. 왜 하필 굳이 내가 이 책을 내야 하는가에 대해서 스스로 질문을 해 보세요. 그리고 자신의 블로그나 SNS 플랫폼에 해당 주제에 관해 지속해서 글을 올리며 사람들에게 알리려고 노력한다면 분명 관심 있는 분이 나타날 거예요. 이 부분에 대해서는 뒤에서 조금 더 다루기로 하겠습니다.

출간기획 생각 노트 | 05

- 기획 의도는 무엇인가요?

- 시대적 상황이나 사회적 트렌드에 맞는 부분이 있나요?

- 대중성이 있는 주제인가요?

- 독특하거나 참신한 주제인가요?

목차 구성의 쓸모

/

책의 주제와 컨셉을 잡았다면 다음으로 목차를 구상해 보세요. 『목차』는 원고를 집필할 때 책의 전체적인 뼈대가 되기에 무척이나 중요한데요. 제목과 핵심 카피 다음으로 중요한 부분이 바로 목차 구성이라 할 수 있습니다. 표지에서 제목과 핵심 카피로 독자의 이목을 끌었다면 독자는 작가소개와 더불어 목차부터 펼쳐서 보게 될 것입니다. 특히 목차 구성을 잘하면 작가는 책을 쓸 때 길을 잃고 헤매지 않을 수 있어 편하고 독자는 책을 읽을 때 쉽게 본문 내용을 파악할 수 있어 좋습니다.

일반적인 목차 구성은 다음과 같습니다. 목차는 주로 대목차(장)와 소목차(꼭지)로 나누기도 하고, 소목차만으로 구성하기도 합니다. 대목차는 대략 4~8개 정도면 적당하고 그 아래 소목차는 10개 이내로 잡는 게 보통입니다. 그러면 전체 소목차는 총 40개 내외로 구성하는 것이 일반적이지요. 그러나 이는 필수적인 방식은 아니며 출판사마다 다르다고 합니다. 특히 자가출판이나 독립출판의 경우, 굳이 위의 형식에 얽매이지 않고 작가의 의도에 맞게 목차를 구성하시는 분도 많습니다.

사실 목차를 잡는 작업은 그리 만만치 않은데요. 오죽하면 작가들 사이에서 목차를 완성하면 책의 절반을 완성한 것과 다름없다고 이야기하곤 한답니다. 그렇다고 너무 부담을 갖진 마시고 작가가 책에서 말하고 싶은 주제별 핵심 메시지를 천천히 생각해 보며 나열해 주면 목차를 완성할 수 있을 것입니다. 다만 이때 식상한 문구를 단순히 나열하기보다는, 독자가 흥미를 느낄 만한 문구나 책의 본문 내용에 대해 궁금증을 자아내도록 배치한다면 괜찮은 목차가 되지 않을까 싶습니다.

》 독자 중심으로 이해하기 쉽도록 구성해 보기
》 흥미 또는 궁금증을 자아내도록 구성해 보기
》 감성을 자극하는 문구를 사용하여 구성해 보기
》 조화롭고 간결하며 통일성 있게 구성해 보기

만약 『노하우 전자책』이라는 주제로 목차를 구성한다고 했을 때 어떤 목차가 흥미롭고, 또 어떤 목차가 식상한지 다음의 예시를 통해 함께 비교해 보겠습니다.

- a. 사람들은 왜 전자책을 구매할까?
- b. 전자책은 빠르게 노하우를 습득하려 산다
- c. 전자책만으로도 먹고사는 3가지 기술
- d. 전자책으로도 많은 돈을 벌 수 있다

여기서 목차 a와 목차 b는 말하고자 하는 내용은 같지만, 목차 a는 사람들이 전자책을 구매하는 목적이 무엇인지 궁금증을 자아내는 반면, 목차 b는 답을 미리 알려주고 있어 궁금증이나 흥미를 끌기는 어려울 것입니다. 목차 c와 목차 d도 마찬가지입니다. 목차 c는 흥미를 일으키지만, 목차 d는 뻔하고 식상한 표현이라 생각할 수 있습니다. 비록 본문에 담긴 내용이 같더라도 목차 구성에 따라 독자의 반응은 달라지지 않을까요?

만약 자기계발이나 실용적인 도서를 출간할 계획이라면 다음과 같은 순서로 목차를 구성하는 것도 한 가지 방법이 될 수 있습니다. 목차 구성하실 때 참고해보세요.

- 서론에서는 해당 주제의 책을 내고자 하는 이유를 밝히는 목차를 구성할 수 있습니다.
- 본론에서는 독자가 왜 해당 책을 읽어야 하는지에 관하여 제시해 주는 목차를 구성할 수 있습니다.
- 책을 읽으면 어떤 이익을 얻을 수 있고, 읽지 않으면 어떤 불이익이 있는지 알려주는 목차를 구성할 수 있습니다. 또는 해당 주제와 관련된 원리와 해결방법을 제시할 수도 있을 거예요.
- 결론에서는 책 전체를 아우르는 희망적이고 긍정적인 메시지를 전달하는 목차를 구성할 수 있습니다.

출간기획 생각 노트 | 06

- 목차는 무엇인가요?

- 목차는 책의 전체 내용을 요약하고 있나요?

- 목차는 조화롭고 통일감이 있나요?

- 목차는 흥미 또는 궁금증을 유발하나요?

서문 작성의 쓸모

/

모두가 아시다시피 독자에게 책을 처음 소개하는 부분이 바로 『서문』이죠. 서문에는 쓰고 싶은 말을 마음껏 쓸 수도 있지만 좀 더 신경 써 작성한다면 내 책을 더 효과적으로 어필할 수 있지 않을까요?

책을 소개하는 서문에서도 독자의 마음을 흔들고 독자가 구매 결정을 할 수 있도록 꼭 필요한 내용을 넣어주는 게 좋을 것입니다. 너무 직설적으로 보이지 않도록 주의하면서 다음의 항목을 적절하게 조합하며 서문을 작성해 보시기 바랍니다.

주제를 알 수 있는 간략한 개요

주제를 한눈에 알 수 있도록 간략한 개요를 넣어주는 것이 좋습니다. 책에서 말하고자 하는 핵심 주제가 무엇인지, 어떤 점을 주의 깊게 봐야 하는지 등 독자에게 간단하게 알려준다는 생각으로 개요를 작성해 보세요.

책을 쓰게 된 배경이나 에피소드

작가가 책을 쓰게 된 배경이나 기획 동기가 들어가면 좋습니다. 해당 책을 쓰게 된 이유나 목적, 또는 책을 쓰기로 결심하기까지 어떠한 에피소드가 있었는지 적어줘도 됩니다. 이때는 독자에게 해당 책이 왜 필요한지, 어떤 도움이 될지 생각해 보며 작성해 보세요.

다른 책과의 차별점, 책의 활용법

해당 책이 비슷한 주제의 책들과 구별되는 특징이나 차별점은 무엇인지 알려주면 좋습니다. 분명 시장에는 유사한 주제의 책, 경쟁 도서가 있을 것입니다. 내 책에서만 볼 수 있는 특징이나 매력은 무엇이 있는지, 어떻게 활용하면 좋을지 적극적으로 표현해 보세요.

책의 대상 독자의 명확한 제시

책의 대상 독자가 누구인지 명확하게 제시해 주는 것이 좋습니다. 『이 책은 ____을 고민하는 분들을 위한 책이다』라는 식으로 대상 독자를 제시해 주면 구매를 망설이던 예비 독자에게 자신을 위한 책이라는 확신을 심어줄 수 있을 것입니다.

독자가 얻을 수 있는 이익

재미와 감동, 혹은 정보나 노하우 등 해당 책에서 독자가 얻을 수 있는 이익은 무엇인지 제시해 주면 좋습니다. 책을 읽었을 때 어떤 것을 얻어갈 수 있는지, 어떤 도움이 될지 친절히 알려주는 것은 해당 책에 대한 독자의 오해를 방지하도록 해줍니다.

작가의 홈페이지나 SNS 주소

작가가 독자에게 알리고 싶은 홈페이지나 SNS URL을 적어줄 수도 있습니다. 책을 통해 자신의 사업이나 콘텐츠를 알릴 목적이 있다면 인터넷 주소 URL을 넣어주면 홍보에 도움이 되겠지요. 해당 항목은 어디까지나 선택사항으로 반드시 넣을 필요는 없습니다.

도움 주신 분께 감사 인사

책을 출간하는 데 도움을 주신 분께 감사 인사를 넣어줄 수도 있을 것입니다. 책이 나오기까지 도움 주신 분, 응원해 주신 분, 출판 관계자에게 짧은 인사말을 건넬 수 있습니다. 해당 항목 또한 선택사항입니다.

출간기획 생각 노트 | 07

- 서문(프롤로그)은 무엇인가요?

- 서문에는 책의 주제를 알 수 있는 간략한 개요가 들어가 있나요?

- 서문에는 기획 동기나 배경, 에피소드가 들어가 있나요?

- 서문에는 책의 명확한 대상 독자를 제시해 주고 있나요?

- 서문에는 다른 책과 구별되는 차별성이 들어가 있나요?

- 서문에는 독자가 얻을 수 있는 이익이 들어가 있나요?

작가 소개의 쓸모

/

독자가 책 내부에서 가장 먼저 보게 되는 곳이 작가소개입니다. 잘 보이고 싶은 마음에 작가소개 공간에 자신의 모든 스펙을 이것저것 나열하는 것은 그리 효과적인 방법이 아니랍니다. 작가소개에는 반드시 해당 책과 관련된 작가의 스펙이나 현재 상태, 마인드, 포부가 들어가 주는 것이 좋습니다. 어떤 사람이 말하는가에 따라 그 말의 신뢰도가 달라지는 법이니 나의 책과 연관성 있는 자기소개 글을 작성해 보시기 바랍니다.

그렇다면 왠지 뭔가 대단한 업적이나 스펙이 필요한가 싶어 부담감을 느낄 수 있을 텐데요. 꼭 대단한 업적이나 스펙이 있어야 하는 것은 아닙니다. 작가소개에 기록할 만한 업적이나 스펙이 없을 때는 해당 책과 연관된 경험 속에서 얻게 된 나만의 깨달음이나 관점, 앞으로의 포부를 적어주셔도 괜찮습니다.

예를 들어, 여행 관련 도서를 출간한다면 저자의 여행사 업무 경력이나 여행 관련 전공, 나만의 독특한 여행 경험 등 여행과 관련된 내용은 당연히 작가소개에 포함하면 좋겠지요. 하지만 전산 자격이나 법무사 자격 등 여행과 연관성 없는 스펙을 자기소개에 채울 필요는 없을 것입니다. 왜냐하면, 독자는 저자에게 전산 자격이나 법무사 자격이 있는지 없는지 전혀 궁금해 하지는 않을 테니까요. 자기소개를 작성할 때는 다음과 같이 나열해서 쓸 수 있습니다.

- ____대학 관광 학과 전공
- ____여행사 10년 근무 경력
- 여행에서 ____를 만나 여행의 참 의미 발견
- 5년 뒤 ____ 전문 여행사 설립 추진 예정

그런데 단순히 나열하는 방식이 왠지 식상하게 느껴진다면 과거와 현재, 미래의 시간순으로 자신을 소개하는 것도 방법입니다. 과거에 ______했고, 지금은 ______하고 있으며, 앞으로 ______을 할 계획이라는 식으로 시간의 순서에 맞게 쓰는 것이죠. 필요에 따라 과거, 현재, 미래의 순서는 바뀌어도 상관없습니다. 다음과 같이 스토리를 가미해서 작성하면 더 자연스러운 작가소개가 될 수 있답니다.

『필자는 과거 ______ 대학에서 관광을 전공했으며, 졸업 후 10년 동안 ______ 여행사에서 ______ 업무를 하며 경력을 쌓았다. 예전에는 기껏해야 1년에 한두 번 여행을 다녔었는데, 여행에서 우연히 만난 ______ 와의 인연으로 여행의 참 의미를 깨닫게 되었다. 그 후로 지금까지 쉬는 날이면 새로운 여행지를 찾아다니는 것이 삶의 가장 큰 낙이자 보람이 되었다. 앞으로 5년 뒤 ______ 전문 여행사를 설립해 ______ 여행을 희망하는 사람들에게 꿈과 소망을 이뤄주고 싶다』

『내가 원하는 것을 나도 모를 때』 저자 전승환님의 작가소개를 보면 '다양한 SNS 채널에서 책 읽어주는 남자로 활동하고 있고, 오디오 클립에서 인생의 문장들을 진행하며 많은 사람에게 아름다운 글과 말로 위로를 전하고 있다'라고 소개하고 있는 걸 볼 수 있습니다. 이처럼 인문학 도서 작가로서 책이나 글쓰기에 대한 대중과의 활발한 소통 활동을 작가소개에 넣어준다면 독자는 저자의 책에 신뢰를 느낄 수 있어 한 발 더 다가갈 수 있을 것으로 생각됩니다.

출간기획 생각 노트 | 08

- 작가소개는 무엇인가요?

- 작가소개는 스토리텔링 형식인가요?

- 과거, 현재, 미래 등 시간의 순으로 소개하나요?

- 책과 연관성 있는 내용인가요?

위대한 글쓰기는 존재하지 않는다
오직 위대한 고쳐쓰기만 존재할 뿐이다

E.B. 화이트

구매 전환을 불러오는 기획

홍보 전략의 쓸모

책을 출간할 계획이라면 미리 마케팅 계획을 세우는 것이 판매에 영향을 미치게 될 것입니다. 이때 생각해 볼 것이 몇 가지 있는데요. 충분한 자금이 있어 광고를 집행할 수 있는 분이라면 자신의 책을 광고 업체에 맡기면 알아서 멋지게 홍보해 주겠지요. 그러나 우리 같은 일반인 작가에게 이와 같은 홍보 방식은 바람직하지 않을 것입니다. 내 책을 『홍보』할 때 SNS 플랫폼을 적극적으로 활용한다면 광고비를 들이지 않고 도움을 받을 수 있습니다.

많은 분이 잘 아시다시피 SNS 플랫폼에는 트위터, 밴드, 인스타그램, 텀블러, 카카오톡, 네이버 블로그, 티스토리 등 매우 다양하죠. 특정 플랫폼에서 내 글을 구독하는 사람들이 내 책의 잠재 고객이 될 수 있다는 생각을 염두에 두고 진정성 있게 소통하려 노력해 보세요. 그리고 구독하는 사람들의 공감과 소통이 쌓였을 때 책 출간 의지를 언급하면 효과적이라고 합니다. SNS 홍보를 위해서는 다음과 같은 것들을 생각해 보면 좋을 것 같습니다.

SNS 플랫폼 선정

먼저 어떤 플랫폼을 사용할 건지 정해 보세요. 플랫폼은 블로그가 될 수도 있고, 온라인 카페가 될 수도 있으며, 인스타그램이 될 수도 있습니다. 플랫폼 선정할 때에는 되도록 저자 자신이 좋아하는 플랫폼을 사용하는 것보다 잠재 독자가 주로 사용하는 플랫폼이 효과가 좋을 것입니다. 마케팅 플랫폼의 기준이 되는 것은 잠재 독자가 되는 것이죠. 잠재 독자의 연령대와 성향을 고려해 이들이 주로 사용하는 플랫폼을 파악하고 핵심 키워드와 관련된 글을 지속해서 올리며 출간을 예고해 보면 어떨까요? 내 이야기에 관심 있는 분들이라면 책이 출간되길 손꼽아 기다릴지도 모릅니다.

발행 메시지, 발행 형태, 발행주기

플랫폼에서 발행 메시지, 발행 형태, 발행주기는 어떻게 할 건지 정해 보세요. 발행 메시지는 전하고 싶은 메시지가 무엇인가 하는 부분을 의미합니다. 출간 예정인 책의 주제와 관련된 내용일 수도 있고, 책을 준비하며 생긴 에피소드가 될 수도 있겠지요. 해당 플랫폼에 지속해서 어떤 메시지를 전할지 곰곰이 생각해 보아야 합니다. 가까운 예로 블로그나 온라인 카페에서 특정 주제에 대해 꾸준히 포스팅하는 것이 이에 해당한다고 볼 수 있습니다.

메시지의 발행 형태는 메시지를 어떤 방식으로 올릴 것인가 하는 부분입니다. 텍스트 위주의 글을 써서 꾸준히 올릴 수도 있고, 또는 직접 찍은 사진이나 이미지로 발행할 수도 있을 것입니다. 물론 텍스트와 이미지를 함께 조합해 발행할 수도 있겠고요. 발행주기는 얼마 간격을 두고 발행할 것인가 하는 부분이 이에 해당합니다. 매주 1회, 매주 2회, 이틀에 한 번 정기적으로 발행할 수도 있을 것입니다.

잠재 독자와의 소통

기획부터 출간에 이르기까지 어떻게 잠재 독자와 함께할 건지 정해 보세요. 지속해서 플랫폼에 글을 발행하는 것만 진행할 수도 있고, 발행된 메시지 관련 궁금한 부분에 대하여 질문을 받아 답변해줄 수도 있을 것입니다. 질문과 답변이 책에 다룰만한 내용이라면 아마 출간할 책에 실어도 되겠지요. 이런 식으로 잠재 독자와 소통하면 전문성을 어필할 수 있고, 공감을 얻을 수도 있어 책의 홍보에 긍정적인 영향을 미칠 수 있습니다. 그 외에도 잠재 독자와 함께할 방법을 찾아보세요.

출간 이벤트 제안

책 판매를 위해 제안할 이벤트에는 어떤 것이 있을지 생각해 보세요. SNS 플랫폼에 출간될 책의 소개 글을 올린 후, 잠재 독자가 자신의 SNS에 해당 글 링크를 공유해주면 할인된 가격에 책을 보내주는 이벤트를 열어 보면 어떨까요? 또는 도서 후기를 남겼을 때 도움될만한 추가 자료를 보내주는 이벤트를 제안해 보는 건 어떨까요? 내 책 판매에 도움 될 기발하고 참신한 이벤트들을 생각해 보셨으면 좋겠습니다.

이렇듯 잠재 독자와 소통할 플랫폼을 선정했다면 플랫폼 내에서 설문 형식의 글을 통해 출간할 책의 주제와 컨셉을 공개하고 제목과 핵심 카피, 폰트, 이미지 등 잠재 독자의 사전반응을 조사해 볼 수도 있겠네요. 몇 가지 셈플 표지를 공개하고 어떤 게 마음에 드는지 물어보면 관심 있는 사람들의 참여를 끌어낼 수 있을 것 같습니다. 사전반응 조사의 효과는 사람들이 어떤 것을 선호하고 원하지 않는지 짐작게 하고, 잠재 독자에게 출간에 참여했다는 기쁨과 함께 구매 동기도 선사할 수 있을 것입니다.

출간기획 생각 노트 | 09

- 핵심 키워드는 무엇인가요?

- 홍보를 위해 어떤 플랫폼을 활용할 건가요?

- 해당 플랫폼을 선정한 이유는 무엇인가요?

- 해당 플랫폼에서 발행 메시지, 발행 형태, 발행주기는 어떻게 되나요?

- 기획부터 출간까지 어떻게 잠재 독자와 함께 소통하실 건가요?

- 제목, 핵심 카피, 폰트, 이미지 등 SNS 사전반응 조사는 어떻게 해볼 건가요?

가격산정의 쓸모

/

책의 판매가격은 과연 누가 정하는 것일까요?
당연히 작가인 내 마음대로 정해면 되는 걸까요?

물론 작가가 원하는 가격을 마음대로 정할 순 있겠지만 독자가 느낄 때는 비싸다고 생각될 수 있습니다. 그렇다면 어떤 기준으로 판매가격을 산정하는 게 좋을까요? 『판매가격』은 책을 읽는 독자가 느낄 『가치』로 매겨져야 합니다. 공들여서 힘들게 책을 썼으니 책값을 높게 책정해야겠다는 생각이시라면, 이제부터 생각을 바꾸려 노력해 보시길 조심히 권해드리고 싶습니다.

시판되는 경쟁 도서들과 자신의 책을 비교하여 독자가 어느 정도 가치를 느낄지 예상해 보고, 독자의 관점에서 적정 책값을 정하는 것이 좋을 것 같습니다. 종이책은 실물이 있어서 독자가 책값을 지불할 때 그나마 아까운 마음이 덜합니다. 그러나 실물이 없는 무형의 전자책 같은 경우는 똑같은 정보를 전달하더라도 독자로서는 책값이 아깝게 느껴질 확률이 높습니다. 그래서 전자책은 종이책 대비 통상 70% 내외로 가격을 책정하는 것이 보통이라고 합니다.

이는 어디까지나 일반적인 책의 평균치에 관한 이야기를 말씀드렸으며, 전문 서적이나 독자에게 금전적, 혹은 정서적으로 큰 이득을 줄 수 있다면 책값을 좀 더 높게 책정해도 되지 않을까 개인적으로 생각합니다. 필요하다면 적정 수준에서 분량을 적절하게 나누는 분권화 전략으로 부족한 가격대를 커버하는 것도 고려해 보시기 바랍니다.

출간기획 생각 노트 | 10

- 판매가격은 얼마인가요?

- 독자가 느낄 가치를 기준으로 책값을 산정했나요?

시장조사의 쓸모

/

『시장조사』는 내 책과 비슷한 책이 출판시장에서 어떻게 평가되고 판매되는지 확인해 보는 과정이라 할 수 있습니다. 시장조사를 번거롭고 귀찮은 단계라고 생각해서 건너뛰기 쉬운 게 사실입니다. 시장조사를 하는 이유는 막상 힘들게 출간했음에도 시장의 규모가 작아 독자의 반응이 없을 수 있기 때문입니다. 그렇다면 얼마나 맥이 빠질까요?

시장조사는 자신의 책과 유사한 경쟁 도서 중에서 가장 잘 팔린 몇 권을 찾아 판매량 순으로 분석해 보고 얼마나 많이 판매되고 있는지 확인해 보는 것입니다. 분석 결과 경쟁 도서의 판매실적 자체가 너무 저조하다면 시장 규모가 매우 작은 시장일 확률이 높다고 추측해 볼 수 있겠지요. 시장 규모가 작은 시장에서는 책을 출간한다 해도 판매로 이어지기가 어렵습니다. 그렇다면 출간을 재고해 보는 게 나을 수도 있습니다. 수요가 없는데 공급해 봐야 아무런 성과를 얻을 수 없을 테니까요. 반대로 판매실적이 좋다면 어떨까요? 충분한 대상 독자, 잠재 독자가 있다는 의미로 보고 출간을 적극적으로 고려해봐도 좋지 않을까 합니다.

경쟁 도서 분석을 하며 독자들이 경쟁 도서를 좋아하는 이유는 과연 무엇일까 알아보는 것이 도움이 됩니다. 서평을 자세히 살펴보면 독자가 그 책을 좋아하는 이유를 알아볼 수 있을 것입니다. 인터넷 서점의 책 소개 페이지의 후기, 블로그 및 온라인 카페의 도서 후기를 찾아보면 독자가 해당 책을 읽고 어떻게 느끼는지, 그 책을 왜 좋아하는지 알 수 있게 됩니다. 책을 낼 계획이라면 잊지 말고 시장조사를 하고 출간을 준비해 보시기 바랍니다.

출간기획 생각 노트 | 11

- 경쟁 도서에는 어떤 책들이 있나요?

- 자신의 관점에서 봤을 때 경쟁 도서의 장점은 무엇인가요?

- 언론 서평 분석 및 독자들의 서평 분석의 장점에는 어떤 것들이 있나요?

- 내 책에 벤치마킹할 부분은 어떤 것이 있나요?

차별화의 쓸모

/

『차별화』는 경쟁 도서 분석과 연장선에 있습니다. 내 책이 경쟁 도서와 구별되는 차별성이 있어야 더 많은 판매로 이어질 수 있을 것입니다. 당연한 이야기지만 이미 시중에 판매 중인 도서들과 비슷한 책이라면 누구도 만족시킬 수 없을 거예요. 물론 차별성을 만들어 낸다는 게 말처럼 쉽지 않은 것도 사실입니다. 그래도 차별성을 만들기 위한 나름의 현실적인 노력은 해봐야겠지요.

경쟁 도서의 장단점을 파악해서 장점은 최대한 내 책으로 가지고 오고, 단점은 내 책에서 보완할 방법을 구상해 보는 것이 좋습니다. 장점의 적용과 단점의 보완은 책의 완성도를 한 단계 끌어올려 줄 것입니다. 치별성은 기존의 틀을 완전히 바꾸는 게 아니라, 기존에 있던 것의 부족한 점을 보완하는 것에서부터 시작됩니다. 우리 주변에서 차별성에 관한 예를 찾아볼까요?

- **코스트코의 차별성**: 기존에도 마트는 있었지만, 불특정 고객에게 다품종 소량 판매했다 ☞ 회원제 고객에게 소품종 대량 공급하는 창고형 마트

- **이케아의 차별성**: 기존에도 가구 브랜드는 있었지만, 조립과 배송 공정으로 가격이 비쌌다 ☞ 조립과 배송 공정을 빼고 저렴한 가격으로 공급하는 가구점

단점을 보완하는 것으로 차별화를 이룰 수 있습니다. 뭔가 대단한 차별화를 만들기 전에 부족한 점을 보완할 수 있는 현실적인 차별성을 갖추려 노력해 보세요. 경쟁 도서의 단점을 보완할 방법은 무엇인지, 경쟁 도서의 독자가 아쉬움과 불만을 이야기하는 지점은 어디인지 생각해 보는 것이 차별화의 출발점이라고 생각합니다.

출간기획 생각 노트 | 12

- 경쟁 도서의 장점은 무엇인가요?

- 경쟁 도서의 단점에는 어떤 것이 있나요?

- 경쟁 도서의 단점을 보완할 방법이 있나요?

맺는말

지금까지 출간기획의 중요성과 기본적인 작성 방법에 관해 알아보았습니다. 출간기획은 자가출판과 독립출판, 또 기획출판 등 출간을 희망하는 분이라면 어떠한 방식으로든 꼭 한번은 작성해 봐야 할 텐데요. 이 책에서 말씀드린 기획 요소 외에도 몇 가지 부가적인 요소들이 있지만, 그중에서 나름대로 중요하다고 생각되는 12가지 요소를 살펴보았습니다.

전문가도 아닌 제가 감히『출간기획의 쓸모』라는 주제를 이야기하며, 독자님께 전하고 싶었던 것은 "나는 왜 이 책을 쓰려 하는가, 그리고 내 책의 잠재 독자는 과연 내 책을 어떻게 바라볼 것인가?"가 아니었나 싶습니다. 이것은 작가로서 반드시 고민해 봐야 할 질문이라고 생각합니다. 출간기획 요소 하나하나 꼼꼼히 작성하는 것도 물론 중요하겠지만, 책을 쓰는 동안 기획 의도와 독자의 시선에 관한 생각만큼은 놓지 않으셨으면 좋겠습니다. 기획 의도와 독자의 시선을 반영한 것이 곧 출간기획일 테니까요.

이 책은 언젠가 출판 강의를 진행해 주신 한 강사님 덕분에 세상에 나올 수 있었습니다. 강사님께 배운 내용을 돌아보며 저 스스로 잊지 않기 위해, 또 앞으로 책을 내실 예비 작가분께 도움이 되었으면 하는 마음에 부족한 지식과 글솜씨로나마 정리해 보았습니다. 이 자리를 빌려 강사님께 진심으로 감사의 인사를 드립니다. 그리고 국내 출판산업 발전을 위해 항상 힘써 주시는 출판 관계자분들께도 감사의 말씀을 전합니다.

출간은 출간 자체만으로도 충분히 의미 있는 작업이라 생각합니다. 그러나 이왕에 출간할 책이라면 독자에게 더 큰 가치를 전하고 판매로 연결되어 보상까지 얻게 된다면 더할 나위 없이 만족스럽고 행복하지 않을까 싶습니다. 그러니 원고 집필하시기 전에 마음의 여유를 갖고 차분히 출간기획을 작성해 보는 시간 꼭 가져 보셨으면 좋겠습니다. 독자님이 출간하실 좋은 책이 출간기획을 통해 독자들에게 더 많은 사랑을 받았으면 좋겠습니다. 앞으로 세상에 새롭고 유익한 책을 만들어 주실 독자님을 멀리서나마 마음 담아 응원하겠습니다.

끝까지 읽어주셔서 대단히 감사합니다.

참고도서

내가 원하는 것을 나도 모를 때 | 다산초당 | 전승환 (2020.01.08)

배움을 돈으로 바꾸는 기술 | 예문 | 이노우에 히로유키 (2013.12.30)

말센스 | 스몰빅라이프 | 셀레스트 헤들리 (2019.02.25)